Analyse de l'œuvre

Par Laurence Tricoche-Rauline
et Erika de Gouveia

Le Cid

de Pierre Corneille

lePetitLittéraire.fr

Rendez-vous sur lepetitlitteraire.fr et découvrez :

Plus de 1200 analyses
Claires et synthétiques
Téléchargeables en 30 secondes
À imprimer chez soi

PIERRE CORNEILLE

DRAMATURGE FRANÇAIS

- **Né en 1606 à Rouen**
- **Décédé en 1684 à Paris**
- **Quelques-unes de ses œuvres :**
    - *L'Illusion comique* (1636), comédie
    - *Horace* (1640), tragédie
    - *Cinna* (1642), tragédie

Pierre Corneille est l'un des trois grands auteurs de théâtre français du XVIIe siècle, avec Molière (1622-1673) et Racine (1639-1699). Il est né à Rouen le 6 juin 1606 et est mort en 1684 à Paris. Issu d'une famille bourgeoise, il fait des études de droit et devient avocat. Il rencontre son premier amour qui lui inspire sa première pièce de théâtre, *Mélite*, écrite vers l'âge de 20 ans. Ce premier essai lance la réputation de Corneille.

Dès 1635, Corneille s'essaie à la tragédie, revenue à la mode. Par ailleurs, ayant des liens familiaux espagnols, il se tourne vers la littérature espagnole et s'en inspire pour certaines œuvres : *L'Illusion comique*, une comédie, puis *Le Cid*, une tragicomédie. Le succès de cette dernière pièce vaut à Corneille la plus violente bataille de pamphlets de l'histoire du théâtre.

Après cette affaire, Corneille se remet au travail et publie *Horace*. En 1641, il se marie et ralentit son rythme d'écriture. Ce n'est que l'année suivante qu'il crée *Cinna*, une tragédie qui remporte un grand succès et confirme la suprématie de Corneille dans le genre tragique. En 1643, *Polyeucte* triomphe également. Sous la protection du cardinal Mazarin (diplomate et homme politique français, 1602-1661), il rédige de nombreuses pièces. En 1644, il édite la première partie de ses *Œuvres complètes*, puis la seconde en 1648.

L'année 1662 marque l'apogée de sa carrière, mais il peine ensuite à conserver sa gloire. La vieillesse finit par l'emporter.

LE CID

ENTRE SUCCÈS ET POLÉMIQUES

- **Genre :** tragicomédie
- **Édition de référence :** *Le Cid*, in *Œuvres complètes*, tome 1, Paris, Gallimard, coll. « La Pléiade », 1980
- **1re édition :** 1637
- **Thématiques :** amour, honneur, mariage, duel, mort, vengeance

Le Cid, pièce représentée pour la première fois en 1637, est une tragicomédie inspirée d'un sujet espagnol. Elle met en scène Rodrigue, un jeune homme amoureux de Chimène, mais contraint de choisir entre son amour et la défense de l'honneur de son père. Les personnages sont héroïques et leurs sentiments sont nobles. Le dénouement est heureux, ce qui n'est pas coutume dans une tragédie.

La pièce remporte un immense succès. Elle donne toutefois lieu à de nombreuses polémiques. On reproche à Corneille de ne pas s'être strictement conformé aux règles de la tragédie classique et d'avoir présenté une intrigue peu vraisemblable, excessivement complexe. La promesse finale de mariage, faite par Chimène à Rodrigue, l'assassin de son père, est également considérée comme immorale.

RÉSUMÉ

ACTE I

Dans la scène d'exposition, Chimène se réjouit d'apprendre que son père approuve son amour pour Rodrigue. L'infante est elle aussi favorable au mariage entre les deux jeunes gens : amoureuse de Rodrigue, elle entend ainsi faire taire un sentiment qui la détourne de son devoir.

Mais une dispute oppose don Gomès, le père de Chimène, et don Diègue, le père de Rodrigue, que le roi vient d'élever au rang de gouverneur du prince de Castille. Don Gomès, jaloux, gifle son ainé qui ne parvient pas à se défendre. Don Diègue charge alors son fils de venger l'offense qui lui a été faite. Rodrigue, déchiré entre son amour pour Chimène et son honneur, choisit d'affronter don Gomès.

ACTE II

Don Gomès, en offensant don Diègue, s'est attiré la colère du roi. Toutefois, il refuse d'en tenir compte et méprise les éventuelles conséquences de son insoumission. Il rencontre Rodrigue, qui le provoque en duel. L'affrontement entre les deux hommes n'est pas représenté sur scène. Ce n'est qu'à la fin de l'acte que l'on en apprend l'issue : Rodrigue a tué le comte.

Chimène aurait voulu éviter une confrontation meurtrière entre son père et celui qu'elle aime, mais elle n'en considère pas moins que Rodrigue doit répondre au déshonneur infligé à sa famille. L'infante, quant à elle, espère pouvoir tirer parti du conflit : la victoire rendrait Rodrigue digne de l'épouser. Le roi, de son côté, doit également se soucier de la présence de navires ennemis à l'embouchure du fleuve.

Don Alonse vient soudain annoncer la mort de don Gomès. Chimène se présente bouleversée devant le roi. Elle réclame la mort pour le meurtrier de son père.

ACTE III

Rodrigue réapparait sur scène dans la maison de Chimène. La gouvernante lui demande de se cacher pour échapper à la vengeance de la jeune fille. Don Sanche espère, en affrontant Rodrigue, gagner l'amour de Chimène, dont il est lui-même amoureux. Celle-ci attend la justice du roi. Malgré sa colère et son souci de l'honneur, elle ne peut toutefois pas oublier les sentiments amoureux que Rodrigue lui inspire. Elle craint de le punir autant qu'elle le désire. Rodrigue se présente à elle et lui tend son épée, pour la pousser à le tuer. Il lui offre ainsi l'occasion de se venger. Elle refuse et lui demande de partir.

Rodrigue, après avoir laissé Chimène seule et désespérée, rencontre don Diègue sur la place publique. Le père félicite le fils pour son exploit exceptionnel face au comte. Rodrigue ne regrette pas son acte, mais il exprime sa souffrance d'avoir dû sacrifier à son honneur son amour pour Chimène. Son père lui suggère de poursuivre sur la voie de l'héroïsme en allant combattre les Maures qui sont prêts à attaquer Séville.

ACTE IV

Rodrigue suit ce conseil et repousse les Maures. Tous le considèrent comme un héros. L'infante tente de dissuader Chimène de continuer à exiger le châtiment de Rodrigue, dont la mort serait une lourde perte pour la patrie.

Rodrigue fait au roi le récit de ses exploits guerriers. Mais Chimène arrive pour demander justice. Le roi use d'un étonnant procédé destiné à révéler la vérité des sentiments de la jeune fille : il lui fait croire que Rodrigue est mort au combat. À cette nouvelle, elle s'évanouit, trahissant de cette manière son amour. Après le démenti du roi, elle exige à nouveau que Rodrigue périsse. Elle promet d'épouser le vainqueur du duel entre Rodrigue et don Sanche, si Rodrigue en est le perdant. Elle veut ainsi faire de don Sanche l'instrument d'une justice que le roi lui refuse. Ce dernier accepte le principe du duel, mais il exige que Chimène épouse le vainqueur, quel qu'il soit, même s'il s'agit de Rodrigue.

ACTE V

Rodrigue annonce à Chimène qu'il ne se défendra pas face à don Sanche. Chimène lui demande de se battre pour défendre son honneur et pour lui éviter d'épouser don Sanche, qu'elle n'aime pas.

L'infante, quant à elle, renonce à son amour pour Rodrigue : elle ne peut plus rien espérer, puisque l'issue du duel ne peut être que la mort du héros ou son mariage avec Chimène. Cette dernière attend avec inquiétude la conclusion du duel : elle devra épouser soit l'assassin de son père, soit celui de Rodrigue.

Voyant arriver don Sanche avec une épée trempée de sang, Chimène croit que son amant est mort. Elle se permet alors d'avouer au roi son amour pour Rodrigue. Mais le dénouement est heureux : don Sanche lui apprend qu'il a perdu le duel et que Rodrigue l'a épargné. Le roi demande à Chimène de se conformer à sa promesse en épousant le vainqueur. Il lui donne cependant le temps de faire le deuil de son père : le mariage sera célébré un an plus tard.

ÉTUDE DES PERSONNAGES

DON RODRIGUE

Rodrigue est le fils de don Diègue et le héros de la pièce. Noble, jeune et beau, il a hérité des exceptionnelles qualités de son père. Il est amoureux de Chimène et il en est aimé.

Il incarne un certain idéal chevaleresque : courageux, il n'hésite pas à braver la mort pour défendre l'honneur de son père et affronter les Maures. Il est également caractérisé par sa grandeur d'âme : il épargne don Sanche à l'issue de leur duel, bien que ce dernier soit son rival. Il se montre généreux et fidèle à son père, à son roi et à celle qu'il aime, même lorsqu'il choisit d'affronter don Gomès. Pour rester digne de Chimène, il doit en effet réparer l'affront fait à son père. Don Gomès lui-même reconnait la valeur de son futur adversaire, auquel il a accordé sans hésiter la main de sa fille.

Rodrigue ne se laisse pas gouverner par le sentiment amoureux. Il sait se rendre maitre de lui-même et de ses passions pour faire son devoir, même si cela implique pour lui de renoncer à son amour pour Chimène. Ses célèbres stances (poème constitué d'une série de strophes destinées à traduire la méditation personnelle d'un personnage) à la scène VI de l'acte I mettent en évidence sa souffrance d'être déchiré entre l'amour et l'honneur. Ce type de conflit est qualifié de « dilemme cornélien ». Le monologue du héros se conclut par sa décision énergique de courir à la vengeance et de sauver l'honneur de sa famille.

Rodrigue suscite ainsi l'admiration des spectateurs et des personnages eux-mêmes, y compris du roi. Les péripéties qu'il affronte le font accéder à une certaine maturité. Il devient le Cid (acte IV) après avoir fait le choix de l'honneur et accepté les responsabilités face auxquelles son père et les circonstances l'ont placé, et après avoir protégé le roi et la patrie des Maures.

L'héroïsme de Rodrigue peut toutefois être considéré comme une forme d'orgueil. Non seulement il ne craint pas de risquer sa vie, mais il va parfois au-devant de la mort. Il brave également les lois, en acceptant le duel avec don Gomès, ainsi que les convenances, en osant reparaitre dans la maison de Chimène après avoir assassiné son père.

CHIMÈNE

Chimène est la fille de don Gomès. C'est une héroïne complexe qui partage avec Rodrigue le souci de l'honneur et du devoir. Elle est sans cesse prisonnière d'un intolérable conflit moral : elle est amoureuse de l'assassin de son père.

Dans la scène d'exposition, elle exprime ses doutes et ne parvient pas à s'abandonner au bonheur du mariage annoncé. Son pressentiment de la tragédie se confirme. Elle fait preuve, après la mort de son père, d'une exceptionnelle persévérance dans son désir de justice. Pour obtenir la mort de Rodrigue, elle invoque auprès du roi la raison d'État, qui impose de châtier celui qui méprise les lois en assassinant un grand au cours d'un duel. Elle envisage même l'idée de sa propre mort, après avoir obtenu celle de Rodrigue. Elle inspire l'admiration par la force de sa volonté. Même lorsque le roi lui impose de se marier avec Rodrigue après un délai d'un an nécessaire au deuil et à la réhabilitation du héros à travers les exploits guerriers, elle n'y consent pas explicitement. Elle refuse jusqu'à la fin d'oublier son honneur et fait de l'acceptation du mariage le simple signe de son obéissance au roi.

Mais sa passion est sa faiblesse. Son évanouissement, à l'annonce de la mort de celui qu'elle aime, trahit ses sentiments, qu'elle exprime à Rodrigue par cette célèbre formule : « Va, je ne te hais point. » (acte III, scène IV)

LES PÈRES : DON DIÈGUE ET DON GOMÈS

Don Diègue

Don Diègue est le père de don Rodrigue. C'est un grand du royaume, dont la valeur « en son temps sans pareille/ Tant qu'a duré sa force, a passé pour merveille » (v. 33-34). Il est admiré par toute l'Espagne.

Mais il est âgé et incarne le passé. Dans un célèbre monologue, il déplore la faiblesse liée à son grand âge : « Ô rage ! ô désespoir ! ô vieillesse ennemie ! » (v. 237) Face à don Gomès, ses forces l'ont trahi. Il doit donc faire de son fils l'instrument de sa vengeance ; c'est pourquoi il lui transmet son épée. Il lui passe symboliquement le relais et lui montre la voie de l'héroïsme.

Don Gomès

Don Gomès est le père de Chimène. Au début de la pièce, il apparait comme un honnête homme capable de reconnaitre les qualités de don Diègue et de son fils. Mais on découvre très vite en lui son manque de sagesse et son orgueil. Il est jaloux de don Diègue, que le roi a fait gouverneur du prince de Castille en reconnaissance de ses mérites. Pour cela, il n'hésite pas à lui donner un soufflet sans tenir compte du respect qu'il doit à sa valeur et à son âge. Il n'est guère plus respectueux à l'égard du pouvoir royal, dont il ne craint pas le jugement. Les rois sont pour lui « ce que nous sommes :/ Ils peuvent se tromper comme les autres hommes » (v. 157-158). Il est battu par Rodrigue et connait un sort tragique.

Mais il n'est pas seulement un personnage victime de ses passions et de ses excès. Il est aussi un guerrier exceptionnel dont le courage donne toute sa valeur à l'exploit de Rodrigue. Don Diègue fait d'ailleurs du comte son alter ego, différant de lui simplement par sa plus grande jeunesse. Il lui adresse cet orgueilleux compliment : « Vous êtes aujourd'hui ce qu'autrefois je fus. » (v. 212)

DON FERNAND

Don Fernand est le roi de Castille. Son pouvoir peut apparaitre comme relativement faible. Il est très irrité par le comportement du comte, mais l'insoumission de don Gomès reste impunie. Le roi n'ordonne pas non plus l'arrestation de Rodrigue après le duel. Provoquer quelqu'un en duel est pourtant illégal. C'est pourquoi la demande de Chimène est légitime : le coupable devrait être puni. Cependant, le roi en vient lui-même à autoriser un duel entre Rodrigue et don Sanche, à titre exceptionnel. Il fait de Chimène l'enjeu de la confrontation. La jeune fille conteste cette décision, car elle ne souhaite pas épouser don Sanche et elle craint de devoir épouser Rodrigue.

À côté des problèmes intérieurs, le roi est certainement préoccupé par la menace des Maures qui l'oblige à être « ménager du sang de ses sujets » (v. 596). C'est notamment en raison de la menace que constituent les Maures qu'il ne peut pas se permettre de châtier Rodrigue, dont la vie est aussi précieuse pour lui que pour la patrie. Il sait donc se montrer protecteur et bienveillant. Il favorise d'ailleurs le mariage de Chimène avec Rodrigue, car il comprend les sentiments de la jeune fille pour le héros. Il dicte sa loi et exerce la justice avec sagesse et modération.

LES AMOUREUX DÉÇUS : L'INFANTE ET DON SANCHE

L'infante

L'amour de l'infante pour Rodrigue est impossible et c'est pour elle une souffrance. Elle attend le mariage entre Chimène et Rodrigue, qui mettrait un terme à ses espérances et la libèrerait d'un pénible tourment, au moins autant qu'elle le craint. Mais la mort du comte lui redonne espoir, même si elle ne peut épouser Rodrigue, qui n'est pas d'extraction royale alors qu'elle est fille de roi, et qui ne l'aime pas. Elle doit choisir entre l'amour et son devoir d'infante, qui lui impose de se lier à un homme de son rang. Elle se résigne finalement et renonce à ses sentiments en laissant Rodrigue à Chimène.

Don Sanche

Don Sanche est l'amoureux déçu de Chimène. Il propose d'être l'instrument de sa vengeance dans l'espoir de tuer son rival. Mais il n'a pas la valeur de Rodrigue, qui le bat facilement en duel. Il accepte le déshonneur d'avoir perdu, s'estimant heureux que sa vie ait été épargnée. Il se résigne à accepter l'amour entre Chimène et Rodrigue.

CLÉS DE LECTURE

GENÈSE DE L'ŒUVRE

À l'origine, l'œuvre de Corneille prend racine dans la littérature espagnole. En effet, l'auteur a repris une des grandes figures de la culture castillane : Rodrigo Ruy Diaz de Bivar (vers 1043-1099), noble chevalier qui a combattu les Maures au XIe siècle et qui incarne dans diverses épopées, le modèle du soldat loyal et généreux, héros entier et brave, aux multiples aventures.

Pour son œuvre, Corneille a retenu la légende de l'union entre Chimène et le héros qui a tué son père, transformant ainsi la légende en drame de l'amour et de l'honneur.

LA QUERELLE DU *CID*

À l'époque classique, qui correspond au XVIIe siècle et en particulier au règne de Louis XIV (1638-1715), le théâtre doit obéir à des règles précises fondées, entre autres, sur des principes empruntés au philosophe grec Aristote (384-322 av. J.-C.). Ce célèbre vers de Boileau (écrivain français, 1636-1711) les résume : « Qu'en un lieu, qu'en un jour, un seul fait accompli/ Tienne jusqu'à la fin le théâtre rempli. » (*Art poétique*, III, v. 45-46). La pièce de Corneille a donné lieu à une véritable dispute, passée à la postérité sous le nom de « querelle du *Cid* » : les adversaires du dramaturge ont en effet considéré que la pièce n'était pas conforme aux règles de la dramaturgie classique, en particulier à la fameuse règle des trois unités évoquée par Boileau et destinée à garantir la vraisemblance de la représentation. Il s'agit des unités d'action, de temps et de lieu :

- **l'unité d'action** impose au dramaturge de ne développer dans sa pièce qu'une seule intrigue. L'enjeu essentiel de la pièce de Corneille est l'amour entre Chimène et Rodrigue, et les obstacles auxquels il se heurte. Mais l'amour impossible de l'infante pour Rodrigue constitue une intrigue secondaire, qui ne semble pas nécessaire au développement de l'intrigue principale ;
- **l'unité de temps** suppose que l'action représentée n'excède pas une journée. Corneille affirme avoir respecté cette règle. Cependant, il est peu vraisemblable que le grand nombre de péripéties de la pièce (duels, affrontement contre les Maures, etc.) puisse tenir en 24 heures ;
- **l'unité de lieu** veut que la pièce se déroule en un seul lieu. Dans *Le Cid*, il s'agit de Séville. Mais en réalité, l'action nous est présentée dans trois espaces différents : la maison de Chimène, le palais du roi et la place publique.

La querelle du *Cid* a également porté sur le genre de la pièce, qui est une tragicomédie. Et de fait, les règles classiques ne sont guère adaptées à ce genre, réputé moins noble que la tragédie. La tragicomédie garantit donc davantage de liberté au dramaturge. Corneille, tentant de mettre fin aux polémiques, donne à sa pièce, dans son édition de 1648, le statut de tragédie.

La tragicomédie met effectivement à l'épreuve l'exigence d'unité de ton, qui suppose une stricte distinction entre la comédie et la tragédie. Elle est caractérisée par un certain mélange des tons : comique, pathétique, etc. Par exemple, le mariage entre Rodrigue et Chimène, même s'il est différé, est un dénouement heureux qui aurait pu être celui d'une comédie.

Ce dénouement heurte également les bienséances, tout comme la représentation sur scène du soufflet de don Gomès à don Diègue. Les règles classiques interdisent en principe de montrer des actions violentes ou choquantes sur scène.

LE POUVOIR ROYAL

Le personnage de don Fernand renvoie en partie à Louis XIII (roi de France, 1601-1643), dont Corneille loue la pratique du pouvoir, dans un contexte de guerre entre la France et l'Espagne depuis 1635.

En 1637, année de la représentation du *Cid*, la France est dans une période d'affirmation de l'absolutisme royal, dont le règne de Louis XIV constituera l'apogée. Il s'agit de soumettre les grands du royaume à un pouvoir centralisé, que le roi ne partage pas. Don Fernand, à l'image de Louis XIII, incarne cette pratique absolutiste du pouvoir. Chaque seigneur n'est plus autorisé à faire sa propre loi. Corneille, dans la pièce, met en évidence la fidélité au roi de Rodrigue et de Chimène, et discrédite l'insoumission de don Gomès.

Louis XIII, sur la proposition de Richelieu, décide en particulier d'interdire le duel, qui fait de nombreux morts dans les rangs de la noblesse française et qui est considéré comme une forme de défi à l'autorité du roi. Seule la justice royale est légitime. Corneille justifie cette politique qui met fin aux habitudes féodales incarnées dans la pièce par don Diègue et don Gomès.

Notons également que Rodrigue, victorieux contre les Maures, rappelle au spectateur un épisode glorieux de l'actualité de l'époque : le succès de Richelieu face aux troupes espagnoles qui menaçaient Paris après avoir envahi la France par le nord.

L'IDÉAL HÉROÏQUE, UN DILEMME CORNÉLIEN

Un premier dilemme : tiraillement entre le devoir et l'amour

Le premier dilemme qui apparait dans la pièce se situe à la scène VI de l'acte I. Il s'agit d'un monologue de Rodrigue dans lequel il exprime son tiraillement entre le devoir envers son père et son amour pour Chimène. Dans cette scène, Rodrigue argumente et délibère pour se convaincre lui-même de la meilleure décision à prendre :

> « Il faut venger un père, et perdre une maîtresse,
> L'un m'anime le cœur, l'autre retient mon bras.
> Réduit au triste choix ou de trahïr ma flamme,
> Ou de vivre en infâme,
> Des deux côtés mon mal est infini. »

Les valeurs de l'amour et de l'honneur sont très clairement mises en évidence. Pour l'honneur de sa famille, Rodrigue se doit de venger son père. Cependant, s'il choisit l'honneur, il perdra l'amour de Chimène. Quel dilemme insurmontable présenté par le dramaturge.

Par ailleurs, le discours de Rodrigue est organisé sur un système d'opposition. En effet, de nombreux oxymores (figure de style qui consiste à rapprocher deux mots normalement contradictoires) et antithèses suivent le cours de ses pensées et démontrent ainsi l'incompréhension, voire l'inacceptation d'un tel dilemme.

> « **Noble** et dure **contrainte**, **aimable tyrannie**,
> Tous mes **plaisirs** sont **morts**, ou ma **gloire ternie**. » *(ibid.)*

Ces figures d'opposition mettent également en exergue le caractère destructeur de ce dilemme. En effet, peu importe le choix du héros, il sera malheureux : il perdra soit l'honneur de sa famille, soit l'amour de Chimène :

> « Il vaut mieux courir au trépas.
> Je dois à ma maîtresse aussi bien qu'à mon père ;
> **J'attire en me vengeant sa haine et sa colère ;**
> **J'attire ses mépris en ne me vengeant pas**
> À mon plus doux espoir l'un me rend infidèle,
> Et l'autre indigne d'elle. » *(ibid.)*

Le chiasme (disposition en ordre inversé de deux phrases syntaxiquement identiques) mis en évidence illustre les conséquences dramatiques de son choix. Celui-ci balance entre l'amour et le devoir :

> « Allons, mon âme ; et puisqu'il faut mourir,
> Mourons du moins sans offenser Chimène
> Endurer que l'Espagne impute à ma mémoire
> D'avoir mal soutenu l'honneur de ma maison ! » *(ibid.)*

Avant de finalement trancher :

> « N'écoutons plus ce penser suborneur,
> Allons, mon bon, sauvons au moins l'honneur,
> Puisqu'après tout il faut perdre Chimène.
> Je dois tout à mon père avant ma maîtresse. » (*ibid.*)

Le dernier vers vient contredire un vers qui précède : « Je dois à ma maîtresse aussi bien qu'à mon père » (v. 322, acte I), plaçant désormais Chimène au second plan. Il choisit finalement l'honneur et ressent même de la honte d'avoir hésité :

> « Et tout honteux d'avoir tant balancé,
> Ne soyons plus en peine
> Puisqu'aujourd'hui mon père est l'offensé,
> Si l'offenseur est père de Chimène. » (*ibid.*)

Par conséquent, l'honneur devient plus important que son amour pour Chimène. Il décide de venger son père et de perdre sa bienaimée. Il s'engage résolument dans son rôle de vengeur et choisit donc la raison au détriment de la passion.

Le second dilemme : l'amour entre Rodrigue et Chimène

Le second dilemme de la pièce concerne l'amour entre Rodrigue et Chimène. En effet, Rodrigue et Chimène sont promis l'un à l'autre. Néanmoins, leur père, don Diègue et don Gomès se querellent. Pour venger son père, Rodrigue se doit de combattre en duel don Diègue, le père de Chimène.

Le Cid réconcilie les valeurs de l'aristocratie et de la monarchie : le roi pardonne à Rodrigue d'avoir défié le comte, car il admet les exigences de l'honneur d'un homme de valeur :

« J'excuse ta chaleur à venger ton offense ;
Et l'État défendu me parle en ta défense :
Crois que dorénavant Chimène a beau parler,
Je ne l'écoute plus que pour la consoler. » (acte IV, scène III)

Il sait l'importance de Rodrigue pour son royaume et chante sa gloire à qui veut l'entendre. Rodrigue a vaincu les Maures à la tête de l'armée du roi et a accompli son exploit au nom de ce dernier. Contrairement au comte, Rodrigue ne demande rien en échange. Il est même gêné de la reconnaissance et de l'honneur que lui porte le roi :

« Que votre Majesté, Sire, épargne ma honte.
D'un si faible service elle fait trop de conte,
Et me force à rougir devant un si grand roi
De mériter si peu l'honneur que j'en reçoi. » (*ibid.*)

Rodrigue incarne donc l'idéal héroïque de cette époque : vaillant, juste et modeste dans tous ses combats. Tout en restant lui-même, il devient un autre : le Cid, qui en arabe (*Sidi*) signifie seigneur. Ce titre est reconnu avec enthousiasme par le roi :

« Ils t'ont nommé tous deux leur Cid en ma présence :
Puisque Cid en leur langue est autant que seigneur,
Je ne t'envierai pas ce beau titre d'honneur.
Sois désormais le Cid : qu'à ce grand nom tout cède ;
Qu'il comble d'épouvante et Grenade et Tolède,
Et qu'il marque tous ceux qui vivent sous mes lois
Et ce que tu me vaux, et ce que je te dois. » (*ibid.*)

Ses actes valeureux lui ont valu un changement de position auprès du roi. En effet, il est désormais promis aux plus hautes fonctions grâce aux services accomplis pour son souverain.

Néanmoins, malgré le bonheur apparent de Rodrigue d'être dans l'estime royale, la tristesse que son acte a provoqué dans le cœur de Chimène lui est insurmontable :

> « Je vais mourir, Madame, et vous viens en ce lieu,
> Avant le coup mortel, dire un dernier adieu :
> Cet immuable amour qui sous vos lois m'engage
> N'ose accepter ma mort sans vous en faire hommage.
> [...]
> Je cours à ces heureux moments
> Qui vont livrer ma vie à vos ressentiments. » (acte V, scène I)

Le fait de mourir est pour Rodrigue un « moment heureux », car cela permettra à Chimène de faire son deuil et d'être déclarée vengée. Cette volonté de mort ne révèle chez lui aucune animosité envers Chimène. Au contraire, son amour pour elle est « immuable », et le sera toujours. D'une certaine manière, il agit à nouveau en héros en se sacrifiant pour elle :

> « Je cours à mon supplice, et non pas au combat ;
> Et ma fidèle ardeur sait bien m'ôter l'envie,
> Quand vous cherchez ma mort, de défendre ma vie.
> Je dois plus de respect à qui combat pour vous ;
> Et ravi de penser que c'est de vous qu'ils viennent,
> Puisque c'est votre honneur que ses armes soutiennent,
> Je vais lui présenter mon estomac ouvert. » (*ibid.*)

Chimène aime Rodrigue, mais doit défendre son honneur et réclamer sa mort. Au retour de son bienaimé de la bataille contre les Maures, son tiraillement la reprend :

> « On le vante, on le loue, et mon cœur y consent !
> Mon honneur est muet, mon devoir impuissant !
> Silence, mon amour, laisse agir :
> [...]
> Et lorsque mon amour prendra trop de pouvoir,
> Parlez à mon esprit de mon triste devoir. » (acte IV, scène I)

Chimène est consciente de son amour pour Rodrigue. La personnification utilisée pour décrire son honneur, son devoir et son amour montre à quel point elle est victime de ses propres valeurs et croyances. Elle n'a aucune emprise sur elles, agissant sur elle telles des personnes de son entourage.

Finalement, lors du duel entre don Sanche et Rodrigue, elle est à nouveau tiraillée et finit par avouer :

> « Et si tu sens pour moi ton cœur encore épris,
> Sors vainqueur d'un combat dont Chimène est le prix.
> Adieu : ce mot lâché me fait rougir de honte. » (acte V, scène II)

Dès lors, elle admet, non sans honte, sa volonté de voir Rodrigue sortir vainqueur de son combat, car elle serait contrainte d'épouser l'homme qu'elle aime plus que tout, mais qui est également l'assassin de son père.

Le couple Rodrigue-Chimène, à travers sa passion et son évolution, constitue dans la pièce l'enjeu central de l'histoire, mettant en scène le face à face du héros et de la dame sous le regard du roi, personnage incarnant l'ordre et la justice.

Pour conclure, l'œuvre de Corneille offre un tableau des valeurs morales du Grand Siècle (XVIIᵉ siècle). La gloire, l'honneur, l'amour sont les valeurs aristocratiques de Rodrigue, qui devient le Cid en se sublimant. Corneille magnifie les valeurs héroïques dans lesquelles se reconnaissent les grands hommes. Les duels dont Rodrigue sort vainqueur constituent les péripéties majeures de la pièce. Le titre même de la pièce met en valeur ces nobles idéaux.

QUELQUES QUESTIONS POUR APPROFONDIR SA RÉFLEXION...

- En quoi la pièce est-elle une défense de l'État contre les désordres causés par l'individualisme des grands ? Pourquoi Rodrigue, pourtant fidèle au roi, prend-il l'initiative de combattre les Maures sans en avoir reçu l'ordre ? Peut-on considérer que Corneille légitime ainsi certains actes de désobéissance au roi ?

- Dans quelle mesure la pièce dénonce-t-elle la loi des pères ? Selon vous, don Gomès et don Diègue précipitent-ils leur enfant dans le tragique ou leur permettent-ils au contraire d'accéder à l'héroïsme ?

- Pourquoi, selon vous, Corneille a-t-il choisi un sujet espagnol pour sa pièce ? Quelles sont les références à l'Espagne que l'on peut relever ? Dans quelle mesure un spectateur du XVIIe siècle pouvait-il y voir des allusions à l'actualité ?

- Georges de Scudéry (écrivain français, 1601-1667), l'un des adversaires de Corneille dans la querelle du *Cid*, affirme : « Chimène est scandaleuse, sinon dépravée. » Sur quoi repose ce jugement ? Vous parait-il fondé ?

- Les personnages féminins peuvent-ils être considérés comme des obstacles à l'accomplissement du héros ? Dans la pièce, Corneille définit-il un héroïsme au féminin ?

- Quelle est la place du récit dans la pièce ? Plus généralement, quels problèmes pose le récit au théâtre, en particulier pour la mise en scène ?

- Quel lien peut-on établir entre l'itinéraire de Rodrigue et celui du héros d'une épopée ?

- Étudiez la dimension poétique de l'œuvre. Analysez la richesse de l'alexandrin et des images. Appuyez-vous tout particulièrement sur une lecture attentive des stances de Rodrigue (acte I, scène VI).
- Le dénouement de la pièce est généralement considéré comme heureux. Mais ne pourrait-on pas en proposer une autre interprétation ?

POUR ALLER PLUS LOIN

ÉDITIONS DE RÉFÉRENCE

- Corneille P., *Œuvres complètes*, tome 1, Paris, Gallimard, coll. « La Pléiade », 1980.
- Corneille P., *Le Cid*, Paris, Larousse, coll. « Les Petits Classiques », 2006.

ÉTUDES DE RÉFÉRENCE

- Catteau A., *Étude sur Corneille : Le Cid*, Paris, Ellipses, coll. « Résonances », 2000.
- Doubrovsky S., *Corneille et la dialectique du héros*, Paris, Gallimard, 1963.
- Forestier G., « Corneille », in *Dictionnaire encyclopédique de la littérature française*, Paris, Laffont-Bompiani, 1999, p. 232-236.
- Mathios B., *Le Cid, figure mythique contemporaine ?*, Clermont-Ferrand, Presses universitaires Blaise Pascal, coll. « Mythographies et sociétés », 2011.
- Ronzeaud P., *Pierre Corneille : Le Cid. Anthologie critique*, Paris, Klincksieck, coll. « Parcours critique », 2001.

SUR LEPETITLITTÉRAIRE.FR

- Commentaire portant sur la scène VII de l'acte I du *Cid* de Pierre Corneille.
- Commentaire portant sur la scène VI de l'acte V de *L'Illusion comique* de Pierre Corneille.
- Fiche de lecture sur *Cinna* de Pierre Corneille.

- Fiche de lecture sur *Horace* de Pierre Corneille.
- Fiche de lecture sur *L'Illusion comique*.
- Fiche de lecture sur *Le Menteur* de Pierre Corneille.
- Questionnaire de lecture sur *Le Cid*.
- Questionnaire de lecture sur *L'Illusion comique*.

Retrouvez notre offre complète sur lePetitLittéraire.fr

- des fiches de lectures
- des commentaires littéraires
- des questionnaires de lecture
- des résumés

ANOUILH
- Antigone

AUSTEN
- Orgueil et Préjugés

BALZAC
- Eugénie Grandet
- Le Père Goriot
- Illusions perdues

BARJAVEL
- La Nuit des temps

BEAUMARCHAIS
- Le Mariage de Figaro

BECKETT
- En attendant Godot

BRETON
- Nadja

CAMUS
- La Peste
- Les Justes
- L'Étranger

CARRÈRE
- Limonov

CÉLINE
- Voyage au bout de la nuit

CERVANTÈS
- Don Quichotte de la Manche

CHATEAUBRIAND
- Mémoires d'outre-tombe

CHODERLOS DE LACLOS
- Les Liaisons dangereuses

CHRÉTIEN DE TROYES
- Yvain ou le Chevalier au lion

CHRISTIE
- Dix Petits Nègres

CLAUDEL
- La Petite Fille de Monsieur Linh
- Le Rapport de Brodeck

COELHO
- L'Alchimiste

CONAN DOYLE
- Le Chien des Baskerville

DAI SIJIE
- Balzac et la Petite Tailleuse chinoise

DE GAULLE
- Mémoires de guerre III. Le Salut. 1944-1946

DE VIGAN
- No et moi

DICKER
- La Vérité sur l'affaire Harry Quebert

DIDEROT
- Supplément au Voyage de Bougainville